SU VIRGEN TRAVIESA

EL PACTO DE LAS VÍRGENES, LIBRO 3

JESSA JAMES

Su virgen traviesa: Copyright © 2018 Por Jessa James

Todos los derechos reservados. Ninguna parte de este libro puede ser reproducida o transmitida en ninguna forma o por ningún medio electrónico, digital o mecánico incluyendo, pero no limitado a fotocopias, grabaciones, escaneos o cualquier tipo de almacenamiento de datos y sistema de recuperación sin el permiso expreso y escrito de la autora.

Publicado por Jessa James
James, Jessa
Su virgen traviesa

Diseño de portada copyright 2020 por Jessa James, Autora
Imágenes/Crédito de la foto: Deposit Photos: Alexander.margo.photo; karandaev

Nota del editor:
Este libro fue escrito para una audiencia adulta. El libro puede contener contenido sexual explícito. Las actividades sexuales incluidas en este libro son fantasías estrictamente destinadas a los adultos y cualquier actividad o riesgo realizado por los personajes ficticios de la historia no son aprobados o alentados por la autora o el editor.

HOJA INFORMATIVA

FORMA PARTE DE MI LISTA DE ENVÍO PARA SER DE LOS PRIMEROS EN SABER SOBRE NUEVAS ENTREGAS, LIBROS GRATUITOS, PRECIOS ESPECIALES, Y OTROS REGALOS DE NUESTROS AUTORES.

http://ksapublishers.com/s/c4

1

Becca

Sentí el pinchazo más de lo que lo escuché. Esperaba que un neumático desinflado tuviera una gran explosión, pero no. La rueda comenzó a temblar y el volante estaba inestable. Afortunadamente, no iba muy rápido y el camino era recto. Pude estacionar a un lado sin entrar en la zanja. Me quedé sentada, tenía el corazón acelerado, la adrenalina al máximo mientras los autos continuaban su marcha. Quería gritar a todo pulmón. ¡Un neumático! No necesitaba esto. Ya tenía suficiente en qué pensar. Acababa de venir de comer con mi padre y, como siempre, todo terminó con él diciéndome lo decepcionante que yo era y conmigo saliendo del restaurante. Todo lo que hice fue decirle que estudiaría medicina, no que había decidido no ir a la universidad para ser una artista del circo. Sin importar lo incómodo que haya sido el almuerzo, y su total desacuerdo, no trabajaría en el negocio. ¡Nunca lo haría!

—¡Otros morirían por estar en tu posición! —me dijo mi padre en el restaurante—. Mientras tus compañeros de clases están desesperados buscando un primer trabajo o, incluso, un puesto de interno, con la esperanza de obtener un trabajo de tiempo completo en cuatro años cuando terminen la universidad, yo te lo haría mucho más sencillo. Podrías ser una gerente el próximo mes. ¿Por qué no quieres eso?

—¡Acabo de graduarme de la secundaria! —le respondí alzando la voz. Él había estado escuchándome, pero no me había comprendido. Nunca lo hizo—. ¿No puedo divertirme por un tiempo?

La expresión de su cara cambió. Las arrugas en su frente se acentuaron, y cada músculo en su cuerpo se tensó. Esto no era algo nuevo para mí. Ya lo había visto incontables veces, tristeza, decepción y desesperación mezcladas al mismo tiempo, pero siempre me molestaba, como si nunca pudiera hacer algo bien para complacerlo.

—La vida no es sobre "divertirse". Lo sabrías si yo

no te hubiera entregado todo en bandeja de plata. Nunca has tenido que trabajar un día en tu vida, Becca. Por supuesto, todo lo que quieres hacer es "divertirte". Pero es mi culpa... habértelo dado todo. Siento que te he fallado como padre.

Todo lo que me dio tenía un precio, y era tener que entrar al negocio familiar. Si me le unía, él pensaría que habría valido la pena. Si no lo hacía, entonces yo era una vaga. Una vaga que quería ser doctora, pero para él, yo era una aprovechadora. Una mimada. No podía quedarme sentada ahí un minuto más, así que me fui del restaurante.

Mi padre siempre se había puesto en un pedestal, pero yo seguía teniendo esa voz en mi cabeza, esa pequeña voz que me decía que debía escucharlo, que él me amaba demasiado y solo quería lo mejor para mí. Él me amaba lo suficiente como para desear que me encargara de su imperio algún día. Y era por eso que me había dado todo lo que necesitaba y deseaba.

No podía negar que él y mi madre me habían dado siempre lo mejor. Me enviaron a la mejor escuela privada, me dieron todos los dispositivos y juguetes que necesitaba o deseaba para estudiar más fácil, incluso contrataron a los mejores entrenadores personales para que me convirtiera en una atleta de nivel nacional. Hasta sin que mi padre me pagara la colegiatura, tenía muchas becas deportivas y académicas que podría elegir. Aun más, después de que mi madre falleció hace ocho años y mi padre se volvió a casar, la ayuda nunca se detuvo. Todo lo que yo pedía, lo obtenía.

Sí... quizás él falló como padre al consentirme demasiado, pero yo no había desperdiciado nada. Había sobresalido en todo. Y sería una maldita doctora.

—Maldición. —Una grosería salió de mi boca cuando me di cuenta de que me había quedado sentada demasiado tiempo en el auto y había comenzado a sudar.

Era junio, un mediodía de verano, y el sol estaba ardiente y aquí estaba yo, con un neumático desinflado. Tenía uno de repuesto en la maletera, pero no estaba de ánimos para cambiarlo. No tenía opción. Los neumáticos no se cambiaban solos.

Abrí la puerta del auto y la cerré de golpe, antes de ir a la maletera y abrirla. Con toda la fuerza que pude, hice mi mejor esfuerzo para sacar el neumático de reemplazo y llevarlo lo más cerca que pude al neumático desinflado. Caminé de vuelta hacia la maletera para buscar la llave. Podía sentir el sol calentando mi espalda y el sudor bajando por mi cara y brazos. Quería estar en cualquier lugar, excepto aquí, haciendo lo que fuera en vez de esto, todo excepto regresar al restaurante con mi padre. Seguí desajustando las tuercas mientras me quejaba dentro de mi cabeza. Las tuercas estaban muy ajustadas, y no estaba segura de poder sacarlas todas.

—¿Necesitas ayuda? —dijo una voz muy varonil y profunda.

Solté la herramienta con un golpe y me levanté, alcé mi cabeza y mis ojos comenzaron a subir por unos brazos musculosos cubiertos de tatuajes y llegaron a una mandíbula angular, y luego a unos ojos azules sorprendentes. Me quedé quieta y mi corazón comenzó a latir con inetnsidad. Él era, sin dudas, uno de los hombres más atractivos que hubiera visto hasta entonces o que viera en toda mi vida completa. ¡Y tenía tatuajes! Eran peligrosos, pero eran tan sexys, y no sabía que pudieran serlo realmente.

—Sí, por favor —logré balbucearle. Él se movió para ver el neumático, y luego me miró.

—Soy Jake Huntington —se presentó con facilidad y me estiró la mano para apretarla—. Es para que puedas reportar mi nombre a la policía cuando me lleve tu auto. —Mis ojos se abrieron por la sorpresa, y él lo notó. Una sonrisa traviesa apareció en su cara—. Solo bromeo. No me puedo escapar con un neumático desinflado. —Sus ojos comenzaron a ver mi figura, desde mi cabello castaño hasta mis sandalias de cuña.

—En serio, era una broma. ¿Has escuchado una? —dijo. Me di cuenta de que seguía mirándolo sin responder. Sacudí mi cabeza.

—Lo siento, pero este neumático me dejó sin

humor para bromas. Este día sigue empeorando y, apenas, salí del almuerzo.

—Somos dos —gruñó él.

—Soy Becca, por cierto. Becca Madison. —Noté el cambio en su cara, evintemente, me reconocía. Era la misma expresión que yo tenía hacía un momento cuando se presentó.

Jake Huntington... ese nombre me sonaba. Lucía como el mismo Jake que conocí en el funeral de mi madre hacía algunos años. El mismo color de ojos y de cabello. Solo que ahora el adolescente ese había crecido para convertirse en este hombre. ¡Qué loco que me acordara después de tanto tiempo, pero él era... inolvidable! El Jake a mi lado ahora era todo un hombre. Era mucho más alto, más musculoso, y estaba parado orgulloso como si tuviera todo bajo control. Quizás sí, a pesar de que se había fugado de su hogar y le había dado la espalda a su familia. Sí, yo había escuchado la historia porque el padre de Jake era el abogado corporativo de mi padre.

Cuando Jake huyó fue una gran noticia en nuestro pequeño pueblo. Ciertamente, él no había huido como un niño de cinco años. Estaba estudiando leyes cuando decidió que no quería convertirse en abogado, luego su padre enloqueció. No supe los detalles de lo que sucedió después, pero no escuché nada sobre Jake desde entonces, salvo que él ya no era considerado como parte de la familia.

—¿Qué pasó con la escuela de leyes? —pregunté.
Una lenta sonrisa apareció en su cara.

—Soy tan famoso que una linda chica al lado de la carretera sabe quién soy.

Me encogí de hombros.

—Me conoces por mi nombre, al igual que yo te conozco.

Él sacudió su cabeza lentamente.

—No me conoces. Solo sabes lo que has escuchado —dijo.

Lo miré desde sus botas hasta sus jeans demasiado usados, hasta su camiseta negra que dejaba poco a la imaginación.

—Tienes razón. ¿Qué pasó con la escuela de leyes, entonces?

Una sonrisa apareció en su cara al repetir la pregunta. Demonios, era apuesto.

—Nada, decidí que no quería estudiar eso y comencé mi propio negocio después de obtener mi título.

—¿Oh? ¿Qué negocio? —supuse que su vida estaba mejor que la mía. No había pensado que pudiera hacer lo que hizo él, alejarme de mi familia y vivir por mi cuenta. Irme del almuerzo con mi padre era una cosa, ¿pero vivir por mi cuenta? No tenía idea cómo lograrlo. Quizás mi padre tuviera razón. Él me había dado todo y yo no sabía cómo valerme por mí misma.

Jake me mostró su codo:

—¿No te lo dice mi brazo? —No pude evitar ver sus antebrazos y sus grandes bíceps. "¿Un gimnasio?", pensé— Una tienda de tatuajes.

Asentí con mi cabeza.

—¿Fue tu madre la que te llevó en esa dirección?

Jake pareció sorprendido con mi pregunta, y luego una sonrisa volvió a aparecer en su cara.

—¿Recuerdas a mi madre?

—Por supuesto. —Le sonreí de vuelta—. Puedo ser más joven que tú, pero nuestras familias son cercanas. Tu madre, ella es... todo un personaje.

Su madre era la antítesis de cómo eran nuestros padres. Ellos eran los maestros del universo. Al menos en este pueblo. Eran ricos y poderosos, el tipo de gente a los que nadie podía decirles que no, sin importar si sus demandas eran irrealistas. Las personas bajo sus órdenes tenían que hacer sus deseos realidad.

—Definitivamente. —Ambos nos reímos en ese momento—. Pero sí, ella nutrió mi interés en las artes, me enseñó a disfrutar la vida y no tomarla en serio. Por eso comencé a dibujar cuando necesitaba desestresarme. Ella, a veces, me llevaba cuando salía con algunos amigos. Yo como sabía que me aburriría eventualmente, siempre tenía mi bloc de dibujo, y cuando veían mi arte, todos ellos preguntaban si mi trabajo podría tatuarse.

—Oh, guau... así que tu negocio comenzó de manera orgánica —agregué.

Nos quedamos conversando a un lado de la carretera hasta que recordamos el asunto del neumático. Jake lo agarró, se arrodilló y comenzó a trabajar. Parecía un buen chico y había podido escapar de la ira de su padre. Lo envidiaba por eso.

—Sí, ellos veían mi arte, pero siempre había un significado profundo al escoger los diseños; las historias y el significado detrás de los tatuajes convirtieron mi afición en una pasión. Las personas compartiendo sus experiencias a través del arte es una gran forma de conectar. Cuando alguien ve que tienes un tatuaje, sus paredes se derrumban de inmediato. Ya sea si lo hacen como un reto o borrachos, están mostrando un tipo de vulnerabilidad. Ellos me dan a mí y a los demás la oportunidad de juzgarlos y ese es el factor principal, yo no juzgo. Acepto. —Yo estaba tan concentrada escuchándolo que no noté que había terminado de reemplazar mi neumático—. Aquí tienes, princesa.

Levanté mi ceja. "¿Princesa?". Seguí sus ojos y vi que quedaron fijados un momento en las perlas en mis orejas primero, en mi cuello y, luego, en mi vestido rosado pálido. "Oh".

—Pasa un día. —Metió la mano en su bolsillo y sacó una tarjeta de su billetera—. La tienda. Vi tu mirada antes. Estás curiosa. Pasa y mírala por ti misma.

—¡Claro! —le respondí, mirándolo a los ojos. Encontré el coraje para sonreírle. "Dios", me dije.

Podría mirarlo todo el día. Tenía curiosidad. No tanto sobre los tatuajes, era más sobre él y cómo se sentiría exactamente que un chico malo certificado me besara —. Lo haré. Pasaré después.

2

ecca

Cada vez que pensaba en Jake, mi cerebro me decía "no", pero mi vagina me gritaba un gran "¡sí!". Había estado en cama por un par de horas sin querer levantarme. La mañana ya estaba por terminar, pero no me importaba. No había dormido mucho la noche anterior, aunque no estaba cansada. Me estaba engañando a mí misma pensando que mi frustración era con mi padre y que la conversación del almuerzo no me dejaba dormir, pero no era eso. No era mi padre crítico, exigente y arrogante. Para nada. Estuve viviendo bajo sus miradas y sermones por años. No, mi mente seguía recordando a ese hombre de cabello rubio y ojos azules que, ciertamente, conocía.

Solo pensar en Jake me mojaba. Lucía tan bien cuando se detuvo a ayudarme a cambiar mi neumático. Gotas de sudor habían bajado por su piel cuando estábamos debajo del caliente sol de mediodía. Sus manos estaban cubiertas de grasa y mugre por arreglar mi neumático, pero eso no hizo nada para dañar su aspecto. La verdad era que la suciedad y la mugre lo hacían más sexy aún, cuando estuvo dispuesto a agacharse y ensuciarse por mí, como un caballero y un chico malo a la vez.

Sin embargo, Jake era mayor. No mayor como un viejo pervertido o algo así, pero tenía veinticuatro. Como mínimo. Era como si la diferencia de edad lo dejara fuera de lo alcanzable, como una fruta prohibida. No, la cuestión era que yo era muy joven aún, una virgen recién salida de secundaria. Y Jake me había llamado "princesa". Para él, probablemente, lo era, pero eso no significaba que yo me sintiera como tal.

Jake era muy diferente a los chicos de la escuela de varones con los que había tenido bailes. Todos lucían siempre tan arreglados que no tenían ni un solo cabello fuera de lugar, y las camisetas y las chaquetas que vestían nunca estaban arrugadas. Me imaginaba a alguno de mis amigos intentando cambiar un neumático y no podía parar de reír. Ciertamente, hubieran hecho que sus choferes lo cambiaran. Pero Jake...

Sacudí mi cabeza mientras su nombre me hacía suspirar. Nada del proceso de cambiar mi neumático había sido gracioso. Él fue tan eficiente, tan sexy, tan...*varonil*. Me reí al imaginarlo avergonzando a todos los chicos de la escuela privada. Jake había sido uno antes, luego se graduó y fue por su propio camino, enseñándole el dedo del insulto a su padre y al estilo de vida lujoso.

La imagen de chico malo le funcionaba. Cada parte de él parecía haber sido tallada por un maestro escultor, y aquello que lo hacía mejor era que sus tatuajes parecían encajar perfectamente con su cuerpo. Sí. Él. *Definitivamente*. Aunque yo debería estar interesada en los chicos con los que me gradué, dispuesta a ir a Harvard o a Princeton, y luego regresar para trabajar en la firma de la familia, justo como Jake debió haber hecho. Yo debería trabajar en la firma de mi padre hasta que me casara y, luego de eso, solo utilizaría mi educación universitaria para hacer dos hijos y llevarlos a la piscina del club.

No, no quería esa vida, al igual que Jake, quien se había alejado. Y yo también quería hacerlo. No quería a ninguno de los tipos que mi padre me había presentado. No sentía nada de atracción. Nada de deseo. Nada. Quería a alguien que me quitara el aliento, que me acelerara el corazón, que endureciera mis pezones e hiciera que mi vagina palpitara. Si iba a cumplir el estúpido pacto de vírgenes que hice con mis amigas antes de la graduación, sería algo difícil con todos los Todd y Chad que conocía. Hasta ahora no había nadie que valiera la pena. Y no le daría mi virginidad a cualquiera.

Mis amigas Jane y Mary ya lo habían hecho. Habían conseguido al tipo adecuado y lo habían conseguido. Por la forma en que miraban a sus hombres, y eran "hombres", ellas lo habían disfrutado mucho. Jane fue la primera, cuando se robó a nuestro maestro. Por otro lado, Mary se unió con Greg después de un arreglo, el amigo del señor Parker. Por cierto, en realidad no fue un arreglo. Mary estaba cuidando a la sobrina de Greg y las cosas progresaron desde ahí.

Ahora ambas estaban locamente enamoradas de sus respectivos novios, y ellas querían lo mismo para mí. Siempre hablaban de salir juntas en citas y que salir con hombres mayores tenía sus ventajas... fuera y dentro de la habitación. Hablaban de comer en restaurantes caros y lujosos hasta de experimentar con sexo caliente. Siempre alardeaban de que era mejor con hombres algo mayores. Yo les creía. Nadie podría ganarle a la experiencia, pero la parte competitiva dentro de mí quería el desafío extra de encontrar mi propio... *¿tomador de virginidad?* Me reí al pensarlo. Tomador de virginidad sonaba tan... medieval, pero eso resumía básicamente lo que yo buscaba. Él no tenía que ser tan mayor como el señor Parker o Greg. Solo tenía que ser el tipo adecuado. Y Jake apareció de inmediato en mis pensamientos. Finalmente, había encontrado al tipo con quien quería perder mi virginidad.

No tendría problemas en darle mi primera vez a Jake. Recordé cómo cambió mi neumático con facilidad. Él era fuerte y bueno con sus manos. Probablemente, podría cargarme y lanzarme a su cama con solo una de ellas. No tenía duda de que sabía exactamente qué hacer. Un tipo tan hermoso no podría estar soltero todos estos años. Esperaba que supiera cómo satisfacer el cuerpo de una mujer porque eso haría que tuviera una excelente primera vez. La mejor parte era lo que pensaría mi padre de mí si me juntara con una oveja negra, rebelde y cubierta de tatuajes como Jake.

Ya que nuestros padres trabajaron juntos, mi padre nunca dejó de hablar sobre ese "chico rebelde". Él nunca decía el nombre de Jake. Siempre hablaba de lo desagradecido que fue Jake al darle la espalda a su familia. Sus padres, al igual que los míos, habían pagado por todo. Lo habían puesto en las mejores escuelas, lo habían criado para que no tuviera problemas en tener éxito. Mi padre, incluso, había estado listo para darle una posición en su compañía como uno de los jefes del departamento legal.

"Ese chico se alejó de todo, de una vida fácil de

poder, riqueza y éxito... ¿para qué?", decía mi padre en numerosas ocasiones. En ese entonces, sus palabras nunca me habían molestado porque solo recordaba a Jake como otra cara presente en el funeral, nada más. Pero ahora, esas palabras me dolían porque estábamos en una posición similar. Yo quería labrar mi propio camino, uno muy diferente al que mi padre me había estado preparando toda mi vida. Si él era tan duro con Jake, me preguntaba cómo lo sería conmigo, su propia hija. Tenía el presentimiento de que nuestra discusión del almuerzo sería solo el comienzo.

Me forcé a levantarme. Me había encerrado demasiado en mi habitación y los pensamientos en mi cabeza me estaban enojando. Necesitaba salir y supe de inmediato a dónde ir. A quién necesitaba ver. Demonios, había pasado toda la mañana pensando en Jake.

Una hora después me encontraba en frente de su tienda de tatuajes, R. Su negocio se llamaba "R". Era sencillo y su simplicidad permitía que el enfoque estuviera en lo principal, el arte. Reuní el suficiente coraje para entrar. ¿Qué tal si no quería verme? ¿Qué tal si pensaba que era solo una niña? ¿O peor, una princesa? Pensé en llamarlo y hacer una cita para hacerme un tatuaje y ni siquiera sabía si, en realidad, deseaba uno. Ahora que estaba aquí, el arte me inspiró y estaba segura de que quería algo de tinta, y sabía exactamente el diseño que deseaba.

—¡Hey, buenos días! ¿Tienes una cita? —preguntó la señorita en la recepción. Ella tenía una camiseta blanca que mostraba los tatuajes que tenía en su brazo izquierdo y en su mano. —Me llamo Anna.

—Becca —le dije mientras miraba la gran habitación—. Solo vine a mirar, ¿está bien?

Honestamente, el lugar era diferente de lo que esperaba y una parte de mí se sentía avergonzada por haber prejuzgado. El lugar era limpio, moderno y exclusivo. Las paredes eran grises y el techo, totalmente blanco. Las luces amarillas mejoraban el ambiente con lámparas de luz blanca posicionadas estratégicamente sobre las sillas y las mesas donde las personas se tatuaban. Todo era limpio y pulcro. Mis ojos recorrieron todo el lugar hasta que, finalmente, lo encontraron a él.

Jake estaba ocupado hablando con un cliente mientras echaba un ungüento sobre un tatuaje fresco y luego lo envolvía en plástico. Pensé en acercarme para hablarle, pero no quería interrumpirlo.

—Claro, no hay problema. ¿Has conocido antes a alguno de los artistas? —Con eso yo giré para ver a Anna—. La mayoría de los clientes quieren citas de último minuto después de conocer a alguno de nuestros artistas, así que a veces estamos atareados. Es genial... es un marketing muy efectivo. —Las dos compartimos una sonrisa antes de que yo asintiera con mi cabeza.

—Funcionó para mí —le dije—. Tengo un diseño en mente, pero no podría dibujar ni para salvar mi vida. ¿Crees que pueda hablar con alguno de los artistas y hacer que dibuje lo que deseo?

—Por supuesto —dijo Anna— ¿Quieres ver los portafolios de nuestros artistas? Todos son sorprendentes, así que tu decisión dependerá del estilo que desees.

No necesitaba mirar para saber lo que deseaba. A quién deseaba,

—Jake... Jake Huntington —fue mi respuesta inmediata—. Lo quiero a él.

—Hmm... Jake... —dijo Anna mientras movía su cabeza para ver el ordenador de escritorio—. Desafortunadamente, Jake está ocupado por el resto de la semana. Estará disponible el próximo jueves. ¿Está bien? Tendrás tiempo para definir los detalles del diseño que deseas.

No pude evitar estar decepcionada. Ya me había decidido y esperar una semana me daría el tiempo que necesitaba para acobardarme. No sobre el tatuaje, sino sobre el resto. En este momento yo era valiente, ¿pero me duraría? ¿Podría volver y decirle que quería algo más que un tatuaje?

—Está muy ocupado, ¿cierto?

—Sí, es genial. Él tiene las manos ocupadas a pesar de ser el dueño. —dijo Anna.

"Manos ocupadas. Bien. Quiero que tenga las manos ocupadas conmigo", pensé.

—Él podría dejar que los otros artistas hagan el trabajo por él, pero disfruta lo que hace. "Disfruta", incluso, se queda corto.

Becca no pudo evitar sonreír al escuchar eso. "¿Podría este hombre ser todavía más atractivo?". Su aspecto era más que suficiente, y ahora, ¿es apasionado por lo que hace? Demonios, solo en eso podía pensar. Si no podría llevarme a Jake a la cama, entonces me llevaría un tatuaje.

—¿Quién está libre para hacerme un tatuaje esta noche? No creo que quiera esperar —dije sonriendo.

Sentí que calentaba mi nuca y cuando me volteé, Jake estaba mirándome. Respiré hondo bajo su mirada de hierro. Y comenzó a caminar hacia mí.

3
———

ake

Becca estaba aquí. No en un vestido de verano, sino en unos shorts vaqueros que apenas cubrían su trasero y un pequeño top azul. Demonios.

—¡Bob! —Anna gritó por detrás del escritorio de recepción—. ¡Ven aquí! ¡Alguien quiere algo de tinta!

"Demonios". Mis ojos fueron de Becca a Bob varias veces hasta que se enfocaron en el hombre de metro ochenta que caminaba hacia Anna y Becca, y se le notó un poco ansioso. Él le dijo unas palabras a Anna antes de voltear a ver a la chica de cabello castaño. Su cabello estaba sobre su hombro izquierdo; su bonita barbilla le daba justo la sensualidad necesaria a sus inocentes ojos pardos. No pude evitar ver que los ojos de Bob se movieron para ver sus tetas por un segundo. Probablemente, pudo sentir el hoyo que yo le estaba haciendo a su cabeza ya que levantó la cabeza y sus ojos me miraron. "Lárgate". Mi mirada fue suficiente. Eso lo silenció, y él comenzó a rascarse la cabeza mientras yo caminaba hacia ellos.

—¡Qué bueno verte aquí! —dije con solo un atisbo de sonrisa en mis labios. "Demonios, yo podría perder todo mi día solo mirándola", pensé. Becca no era hermosa en el sentido usual, pero demonios, a mi pene le gustaba demasiado. Y todo mi instinto de cavernícola que estaba dormido rugió con vida al verla. No quería que Bob la viera, mucho menos que marcara su piel con tinta.

—¿Seguro que estás en el lugar adecuado, princesa? —le dije.

—Cállate, jefe —dijo Anna rápidamente—. Ella quiere un tatuaje tuyo específicamente, pero estás ocupado toda la semana.

Vi que se sonrojaba y desviaba la mirada, pero luego levantó su barbilla y me miró.

—Me dijiste que viniera —dijo Becca rápidamente y mi sonrisa aumentó. "Nunca pensé que ella podría valerse por sí misma", me dije.

Becca se vestía y actuaba...bueno, demonios, lucía como una típica persona indefensa y se veía igual que ayer. Cuando la vi a un lado de la carretera con sus perlas y su vestido rosado intentando todo lo que podía hacer para cambiar un neumático, mi decisión no requirió que pensara demasiado; era una chica linda que necesitaba ayuda. Luego descubrí que la chica a la que había ayudado no era ninguna otra que Becca Madison. No la había visto en años, y había cambiado. Había cambiado mucho. Ya no era una niña pequeña. Tenía largas piernas y curvas en todos los lugares correctos.

Yo quería que ella fuera indefensa y que me buscara cuando tuviera un problema. Sí, era todo un idiota, porque solo fue suerte aleatoria que me la haya encontrado el día anterior. Pero yo no quería que cualquiera la ayudara. Quise que ella acudiera a mí, que me necesitara. Solo a mí. Sin embargo, Becca era una maldita princesa. Su maldito coche costaba más de cien mil dólares. Yo había tenido y manejado vehículos de lujo cuando vivía con mis padres, y ellos me apoyaban y tenía que admitir que extrañaba esa necesidad por la velocidad. Mi camioneta era práctica, pero no rompería ningún récord de velocidad con ella. Aunque no valía la pena el precio que venía con aquello. Y no hablaba de dinero, sino de estar bajo el mando de mi padre. Me había ido y no regresaría. Ni siquiera por el mejor coche.

Sacudí mi cabeza para terminar con ese pensamiento. ¿Cómo diablos estaba pensando en un coche cuando tenía a una hermosa mujer en frente de mí? Todos me estaban mirando, esperando, y yo me sentí como un idiota. Esta chica me hizo pensar de más. Inmediatamente, me enfoqué en lo que había dicho Anna. Becca vino para hacerse un tatuaje. Sentí que mi corazón se detenía. Yo era quien ella deseaba que tocara su piel, que la marcara. Pero no quería ensuciarla. Mis manos estaban llenas de callos por el trabajo duro que disfrutaba hacer, ya sea por trabajar con mi vehículo, ejercitarme en el gimnasio casero encima de mi estudio o hacer tatuajes. Sentí que el momento en que la tocara, su inocencia y su dulzura se desvanecerían de inmediato. Pero si no lo hacía yo, Bob estaría ayudándola. Y no permitiría esa mierda.

—Ven a la habitación de atrás. Te haré el tatuaje allí. —Quería estar a solas con Becca. No estaba seguro dónde quería su tatuaje, pero nadie vería más de su piel. Además, no quería que nadie más me viera duro, ahí. Apenas la tocara, estaría en muchos problemas.

Becca caminó a mi lado y la dejé entrar primero en la habitación, la cual se usaba cuando el cliente quería algo de privacidad, por un tatuaje en un lugar más íntimo o, incluso, una perforación.

—Voy a agarrar mi cuaderno para poder hacer el diseño. Ya regreso.

Cuando dejé la habitación pude ver a Anna y a Bob mirándome sospechosamente. Les respondí con una sonrisa antes de ir rápidamente a mi oficina y agarrar mis cosas. Regresé en poco tiempo, y Becca me miró como si estuviera acomodándose en la silla.

—¿Sabes lo que quieres?

Asintió y comenzó a desabotonarse sus pantalones cortos.

—Quiero una mariposa en mi cadera... por mi madre. Solía llamarme "mi pequeña mariposa". —Se movió para bajar sus pantaloncillos debajo de su cadera y los dejó ahí.

"¡Maldición!", gruñí para mis adentros. Juraría que sus bragas rosadas me mataron. Sus pantaloncillos eran ajustados y elevaban un poco sus nalgas, pero ¡"Qué... demo..."!

—Lo quiero justo aquí. —La punta de su dedo señalaba el hueso de su cadera— ¿Va a doler? —preguntó.

Solo miré y miré su piel descubierta. La curva de su cadera era algo que podría agarrar fácilmente al follarla por detrás. La tanga cubría su vagina, y me hizo preguntarme si estaba mojada o arruinada por su ansiedad de que la follara. No era muy modesta. Me alegré de haberla traído a esta habitación. Mierda, si Bob la viera con sus pantaloncillos fuera, tendría que golpearlo.

Aclaré mi garganta y pasé gentilmente mi dedo en el lugar donde quería el tatuaje. Era suave. Cálido. Me correría como un maldito adolescente si no me ponía serio.

—Recuerdo a tu madre... ella era... definitivamente, mucho más amable que tu padre. —Intercambiamos sonrisas con eso—. ¿Entonces, te arrepientes de haber venido esta noche?

Becca sacudió su cabeza rápidamente, solo miró mi dedo mientras se movía.

—Nah. Solo quiero saber en lo que me estoy metiendo. Algunos de mis amigos dicen que hacerse un tatuaje duele mucho, pero otros pudieron tomar una siesta durante el proceso.

—Bueno, eso depende... —Coloqué mi cuaderno en el escritorio y me acerqué a ella. Presioné dos dedos en la piel de su cadera una vez más, y estaba dando todo de mí para no mover mi mano más abajo y sentir los labios de su vagina a través de la tela de su tanga para sentir su humedad. "¿Para qué diablos vino entonces?", me preguntaba. Intenté lo mejor que pude aguantarme y presioné mi torso contra la silla. Mi duro pene no se calmaba, y Becca no ayudaba. Por supuesto, si era la causa.

—Depende de dónde lo quieras. Si es cerca de un hueso, entonces es más doloroso, pero vivirás, y puedes decirme que me detenga en cualquier momento. Puedes venirte a terminarlo en cualquier otro momento. — Demonios. Eso me llevó a pensar en ella viniéndose en mi pene o en mi boca, y me puso inquieto. ¿Y que se viniera más de una vez? Por supuesto. Cuando la metiera en mi cama, olvidaría hasta su propio nombre.

Pude intuir sus dudas por la forma en que se mordió el labio. Tosí con fuerza para evitar que saliera un gruñido atorado en mi garganta. Becca lucía tan hermosa y adorable que solo quería empujarla en la silla y subirme encima de ella, bajar un poco más esos pantaloncillos y entrar directamente en su calor. "Cálmate", dijo mi yo interno, y me acordé de inmediato de que las chicas como ella no buscaban chicos como yo. No era rico, y era peligroso para alguien consentida como ella. No tenía un futuro, salvo mi pequeño negocio. Nada de viajes a Europa ni ponis. No había forma de que pudiera ir a eventos de alta sociedad y llevarme como mi cita. Solo la humillaría. No podría estar con el chico que se había alejado de todo eso.

"Córtala. Ella solo quiere un tatuaje, no una relación", me dije.Se suponía que al pensar eso tenía que calmar mi erección, pero con sus pantaloncillos abajo, eso era imposible.

—¿Estás segura de que quieres hacer esto? Pareces nerviosa —le dije, dándome cuenta de que mis dedos seguían en su cadera. No quería sacarlos de ahí—. Mejor piénsalo una semana y llámame. Trabajaré según tu disponibilidad.

De repente, la chica indefensa y tímida delante de mí desapareció. Había ahora una luz en sus ojos y una persintencia en la forma en que me miraba, por la manera en que movió sus caderas en reacción a mi tacto.

—Te quiero a ti —dijo Becca.

Um... No había forma de mirar hacia otro lado. ¿De qué diablos estaba hablando ella?

—Mis amigas y yo hicimos un pacto. —Su lengua rosada apareció para lamer sus labios. —Tenemos que perder la virginidad antes de la universidad. Quiero que seas tú. Quiero que seas tú el primero que me folle.

"¿Qué...demonios?"

—Repítelo, princesa.

—Quiero que seas tú el primero que me folle.

4

ecca

No podía quitar mis ojos de Jake, especialmente después de lo que acababa de decirle. Era la verdad. Yo quería hacerme un tatuaje, una mariposa, pero follar con él estaba más arriba en mi lista de prioridades. Le dije lo que deseaba y era decisión de él si lo hacía o no. Esperar a que respondiera pareció una eternidad, como si todo estuviera en cámara lenta. Miré mientras tragaba, su manzana de Adán rebotó una vez. Lo imité y tragué una vez también. Fui atrevida, más atrevida de lo que había sido en mi vida, pero aprendí de mi padre que tenía que perseguir lo que quería. Dudo que él lo haya dicho para que persiguiera a un tipo para que me follara, pero... como sea. Mi mirada bajó, pasó de su cuello hasta sus anchos hombros, pasó por su torso musculoso, hasta su cintura y hasta el bulto en sus jeans. Guau. Mi corazón comenzó a latir más al verlo.

"Lo había atrapado. Lo había calentado y el tamaño de su pene era la evidencia", pensé. Estiré mis brazos, con cuidado y con un poco de duda y agarré su muñeca con mis dedos. Él podía detenerme en cualquier momento, porque era mucho más fuerte que yo, pero no lo hizo. Moví sus manos hacia abajo, su piel apenas tocaba el hueso de mi cadera y las llevé bajé más hasta que estuvieron sobre mi vagina, luego las presioné hacía el interior. Ahí. Cerré mis ojos al sentirlo. Nunca había tenido a alguien tocándome así. Era un toque ligero, pero mi vagina estaba en llamas. Sonreí un poco cuando escuché un gruñido escapar de sus labios.

Sus ojos encontraron a los míos, pero él seguía quieto, me dejó mover su mano como quise sobre mí. Él podría haber liberado su mano, yo no podría haberlo detenido. Él podría controlarme fácilmente, pero en ese momento, estaba dejando que yo liderara. ¿Qué tipo no lo haría si eso le permitiera tener una vagina? Atrevidamente, me quité los pantaloncillos por completo y revelé mi tanga de tela reveladora.

—Fui de compras hoy —murmuré, mirándolo a sus ojos, la forma en que estaban encendidos, su mandíbula, la forma cómo estaba apretada al verme.

Vio lo que ningún otro hombre había visto. Yo me había hecho una depilación brasilera el día anterior, después de que él cambiara mi neumático y con la forma en que sus ojos se abrieron y su bulto creció, supe que había tomado la decisión correcta—. Tócame... —No moví su mano. A partir de ahora, todo lo que sucediera sería su decisión— Por favor.

Me miró con la misma intensidad que yo lo miraba; con cada segundo de silencio me calentaba y mojaba más. Sus increíbles ojos azules me vieron como si estuviera memorizando cada parte. Una parte de mí quería saber lo que él estaba pensando, pero con lo que me estaba haciendo sentir, quería dejar la charla para más tarde...después... de que hayamos hecho lo que yo quería hacer.

—Eres virgen —dijo él; su voz parecía lejana, como si estuviera hablando consigo mismo y no conmigo. Sus dedos seguían quietos, pero podía sentir su calidez a través de la delgada tela.

Asentí con mi cabeza.

—Sí.

—¿Has hecho algo más? —Saqué sus manos de su muñeca, pero su mano se quedó en mi vagina— ¿Te han metido los dedos?

Sacudí mi cabeza.

—¿Has dado una mamada?

Sacudí mi cabeza de nuevo.

—¿Te han chupado la vagina?

Sacudí una vez más.

—¿Qué has hecho?

Su mirada estaba atenta en mí.

Yo me mordí el labio, un poco avergonzada. Tenía dieciocho y era virgen. Una virgen muy virgen. Él era mayor y más experimentado. Demonios, probablemente tenía mujeres lanzándosele todo el día. Y yo lo acababa de hacer, pero no sabía cómo seguir. ¿Lo estaba haciendo bien? ¿Por qué me querría a mí? Yo encajaba perfectamente en el estereotipo de "perdedora". De repente, sentí cobardía y encogí mis hombros en una posición defensiva. Era tonto. Era tonto pedirle hacer esto. Exponerme a él de esta forma. Intenté levantarme, pero él se movió rápidamente, su mano libre agarró mi hombro y me sostuvo. Estaba sobre mí ahora. Quedé atrapada; su amplio pecho era mucho más grande que el mío y sus brazos eran grandes y fuertes como para mantenerme ahí. Sentía que no podía escapar y me gustaba esa sensación. Había sido atrevida al principio, pero parecía que él iba a tomar el mando.

—¿Nunca te han tocado antes? —preguntó él, aunque ya sabía la respuesta— ¿Aquí? — Su dedo presionó mi vagina y yo estaba intentando lo mejor para no correrme— ¿O aquí? —La mano en su hombro bajó para agarrar mi pecho derecho.

Sacudí mi cabeza de nuevo, pero mordí mi labio.

No me acobardé esta vez y arqueé mi espalda para que me tocara más.

—¿Lo harás? —susurré.

Él miró desde mi vagina hasta mis ojos.

—¿Me tocarás?

Las esquinas de sus labios se curvaron en una sonrisa.

—Claro que sí —fue su respuesta— ¿Esto? —Él señaló sobre mi clítoris—. Esta vagina es mía. —Con eso, sus dedos pasaron por debajo del borde de mi tanga y me tocaron de verdad. Ese ligero tacto fue una conmoción.

—Estás empapada por mí, bebé.

Recosté mi cabeza y cerré mis ojos. Quería recordar este momento, lo que se sentía que me dieran placer. Un hombre y no mi mano. Salté un poco de la silla cuando sus dos dedos agarraron mi clítoris.

—Relájate —dijo él antes de agarrarme contra la silla— No te pongas nerviosa. Estás a salvo conmigo. Disfruta todo lo que voy a darte.

Miré abajo, vi su brazo tatuado y lo seguí hasta ver su mano entre mis piernas; sus dedos desaparecieron en mi tanga rosada. Era tan ardiente ser tocada por el chico malo; gemí.

—Shh. Tu placer me pertenece. Solo a mí. No quiero que nadie más lo escuche.

Sin perder un segundo, él sacó mi top por encima de mis senos y desabotonó rápidamente mi sujetador.

Su virgen traviesa

Abrí mis ojos y vi que su cabeza bajó para estar justo encima de mi pezón. Sus ojos encontraron los míos por un segundo antes de abrir sus labios y agarrar la punta con su boca.

—Oh... Sí... Oh... sí. —Era cada vez más difícil pensar con coherencia y mantenerme quieta. No podía hablar apropiadamente. Demonios. Yo no quería. Jake me dijo que me relajara y disfrutara, y haría exactamente eso. Cerré mis ojos mientras disfrutaba la sensación de que me chuparan mis pezones y de que me tocaran mi vagina al mismo tiempo. Inhalé con fuerza y luego solté un suave gemido cuando metió un dedo dentro de mí y comenzó a meterlo y a sacarlo, imitando lo que yo quería que hiciera con su pene. Arqueé mi espalda en la silla, intentando empujar su dedo más dentro de mí con un movimiento de mis caderas. Escuché que soltó una pequeña risa y no estaba preparada cuando metió otro dedo más.

—Estás tan estrecha. Estrecha por ser virgen.

—Oh... Dios —dije, esta vez más fuerte, cuando él comenzó a mover su mano cada vez más rápido. No pude evitar abrir mis ojos y seguí viendo cómo chupaba mi pezón. Él sacó su boca de mi pecho y me miró.

—Estás empapada... y también eres un poco ruidosa —dijo él, sonriendo cada vez más—Solo imagina cuando meta mi pene dentro de ti. Esa pequeña vagina estrecha va a abrirse en dos, bebé. Soy grande y esta vagina..., voy a tomar esa virginidad. No te preocupes, entrará... eventualmente.

—Sí... sí, por favor... —Moví mis caderas para incrementar el placer. Sus palabras sucias solo me llevaban al borde— Ya no quiero ser virgen.

—Eres una golosa, ¿cierto? —Él soltó un "tsk" y sacudió su cabeza—. Necesitas mi gran pene, ¿cierto? Tendrás que ser paciente —dijo él, sin parar de meterme los dedos mientras tocaba mi clítoris con su pulgar—. No voy a follarte por primera vez en la habitación trasera de una tienda de tatuajes. Quiero darte la mejor primera vez del mundo... y cuando lo haga, va a durar toda la noche.

Miró mi cuerpo y se enfocó en mi vagina, miró sus dedos entrar en mí una y otra vez. Con su pulgar ejerciendo presión sobre mi clítoris, yo estaba cerca de correrme. Pero esto era mucho mejor que cualquier orgasmo que me haya dado yo misma.

"Esto es... Estoy...", pensaba. No pude controlar más mis gemidos, ni la frecuencia ni el volumen. Él lo tomó como una señal y se comenzó a mover más rápido y a entrar más profundo hasta que tuve que agarrar sus bíceps para no salir volando.

—Oh. Dios... Jake... voy a ...

Enloquecí en ese momento, montando sus dedos, me dejé llevar por el placer. No tenía idea que fuera a ser así, que había lugares dentro de mí que lo hacían increíble. Apenas podía respirar cuando sus dedos comenzaron a detener sus movimientos. Después de un rato, encontré la energía para abrir mis ojos. Estos se ubicaron en su mano, llena de mis jugos y la vieron levantarse hasta su boca para lamerse todos los dedos.

—Casi me corro en mis pantalones al escucharte —dijo él, riéndose un poco.

—Bueno, no podemos dejar que eso suceda todavía —dije, un poco tímida—. Quiero hacerlo de nuevo, pero esta vez con tu pene dentro de mí. Me dijiste que...

—¿No te dije que te relajaras? —dijo en tono bromista. Él sonrió mientras ajustaba la barra de acero que, prácticamente, salía de sus jeans. ¿Eso iría a entrar?—. Después. Cuando te tenga en mi cama y no tengas que irte.

Asentí con mi cabeza y sonreí. Mi vagina estaba ansiosa por lo que vendría luego.

—Pero yo sí quiero mi tatuaje —dije. Él soltó una carcajada.

—Por supuesto, pero no creo que esa sea tu prioridad ahora mismo. ¿Lo es? ¿Tu vagina todavía está necesitada?

Mordí mi labio y asentí. Lo que acababa de hacer me hizo desearlo más. Me ayudó a levantarme y me dio una nalgada en el trasero.

—Luego. Definitivamente, luego.

5

ake

No sabía qué cosa estaba recibiendo más daño, si mis nudillos o el saco de boxeo. Había estado en eso por los últimos quince minutos. Más temprano que tarde comenzaría a sangrar.

"¿Qué demonios estaba pensando?", me dije. Hacía algunas horas, no había forma en que pudiera haber tocado a Becca... y era por su propio bien. Ella era la chica inmaculada y frágil y yo era el chico malo. Era todo lo que no era bueno para ella. Mi familia me había desheredado. No me codeaba con los mandamases de la sociedad. Tenía tatuajes. Solo era peligroso para ella. Y yo la había ensuciado.

"Y a ella le encantó", me dije. Vi la mirada en su cara cuando ella se corrió por primera vez con un hombre. Lo había hecho conmigo. Conmigo. Sus ojos permanecieron cerrados, pero su boca seguía abierta; gemidos de placer salían de sus gruesos labios. Debí haber cubierto su boca o besarla o algo, porque no había forma de que alguien en la tienda de tatuajes no la hubiera escuchado. Era algo arrogante de mi parte, pero los gemidos de una mujer siempre eran algo para estar orgulloso.

"Pero ella no es solo una aventura y estoy totalmente seguro de que no quería compartirla", pensé. Había algo que tenía Becca. Era como una droga. Solo el sentir su vagina virgen correrse sobre mis dedos, y ya estaba enganchado. Sin embargo, no podía tenerla. Era una maldita princesa. Ya tenía su vida trazada. Con el apoyo y el dinero de su familia, tendría un futuro brillante y exitoso, porque era hermosa, inteligente y rica, el triple perfecto. Definitivamente, yo no era bueno para ella.

"Pero fue Becca quien dijo que me deseaba. Ella vino por mí. Ella se corrió en mi mano", me recordé. "Ella me quiere para tener sexo". Si ella quería bromear y usarme para ver cómo se sentía un pene grande antes de conformarse con sexo regular, estaba bien. Pero parecía que yo era irracionalmente posesivo. Sabía que, apenas entrara en esa vagina estrecha y su dulce miel bañara mi pene y quitara su virginidad, sería toda mía. "A la mierda". ¿Por qué no podía dejar de pensar en Becca? Abandoné mi ejercicio y fui a tomar una ducha.

Becca era solo una chica, una virgen… una virgen que me dijo, directamente, que quería que la follara. ¿Cómo podría ser alguien tan inocente y sexy al mismo tiempo? La cosa era que, ella no tenía idea de su atractivo, su encanto, su pasión. Una pasión que yo le había despertado.

Sacudí mi cabeza y cerré mis ojos. *Esto* no estaba ayudando. Tenía que dejar de soñar despierto con Becca. Ella estaba acaparando todos mis pensamientos y tenía que detenerme. "Despierta". Ya no era un adolescente calentón. Tenía veinticuatro años y estaba cubierto de tatuajes. Eso me hacía "peligrosamente sexy", según me habían dicho. Podría tener sexo con mujeres más experimentadas. Diablos, solo tendría que usar mi teléfono celular y llamar a una que se pusiera de rodillas y me la chupara. Tenía que dejar de pensar en Becca… y su cabello castaño y su bonita barbilla y sus inocentes ojos color avellana, sus pezones rosados y la forma en que se endurecieron con mi lengua. Su vagina era apenas legal y yo la había hecho correrse con mis dedos. Su sabor de cuando

Su virgen traviesa

había chupado sus jugos de mis dedos y el aroma de ella todavía permanecían.

"Maldición. Maldición. ¡Detente!". Sabía lo que tenía que hacer. "Pensaría en ella solo unos minutos más y luego me detendría". Encendí la ducha, esperé a que se pusiera hirviendo y luego me coloqué debajo de ella. Un gruñido se me escapó cuando mis dedos agarraron mi pene y comenzaron a moverse de arriba abajo. Cerré mis ojos con fuerza mientras recordaba lo que había sucedido. Después de esto... después de masturbarme, solo después, entonces, podría dejar de fantasear con ella y su dulce vagina mojada.

"Maldición". Sentí que me ponía más duro cuando recordaba cómo había abierto sus piernas cuando le metí los dedos. Ella estaba estrecha y si mi pene entrara ahí... no pude evitar sonreír. No podía esperar. Estaba mojada solo por mis dedos. Quería sentirla apretarse y ordeñar el semen de mi pene, que me dejara las bolas secas. Quería escucharla gemir y verla cerrar los ojos por el placer. Quería escucharla gritar mi nombre, solo mi nombre. Quería que clavara sus uñas en mi espalda, que me marcara mientras yo la marcaba dentro de esa vagina.

—Demonios... sí... — gruñí, apretando mi pene con más fuerza y moviéndome mucho más rápido— Becca... oh... sí...

Me imaginé entrando en ella una y otra vez. Becca estaba de nuevo sobre la silla en mi tienda de tatuajes, pero esta vez yo estaba completamente sobre ella y sus piernas estaban atrapándome por la cintura. Sus dedos estaban en mi trasero acercándome a ella como si pudiera ir más profundo. Otro gruñido bestial escapó de mi boca cuando sentí que estaba por terminar. "Más duro. Más duro". Coloqué mi palma en la pared de la ducha mientras me corría; el líquido cremoso se mezcló con el agua caliente.

Demonios. No pararía. Mi pene seguía duro, y yo sabía que seguiría así hasta que la tuviera. Se suponía que tendría que dejar de fantasear sobre una virgen de dieciocho años después de correrme. Se suponía que tendría que dejar de pensar en follarme a una princesa rica y mimada que no podría mantener. Se suponía que me diera cuenta lo equivocado de la situación. Pero no podía evitarlo. La tendría. Mi pene quería lo que mi pene quería.

"Ella te desea también. Ella te dijo que quiere que le quites su virginidad", pensé. Podría tenerla. Me lo dijo. Eso estaba bien, pero querría quedarme con ella. No quería que nadie más la tuviera, ni siquiera que la tocara. Quería que fuera toda mía... y yo era muy imbécil como para dejarla ir. Pero me aseguraría de que disfrutara cada centímetro de mi pene mientras la llenaba, sin duda.

BECCA

"Deja de adivinar". Después de irme de la tienda de tatuajes, pasé el resto del tiempo de compras. No podía dejar de pensar en cómo Jake me había metido los dedos con precisión experta hasta que me corrí. Luego dijo que quería aplazar mi primera vez. La mayoría se hubiera subido encima y me hubiera follado en la silla.

Dios, parecía que le hubiera pegado con un trozo de madera cuando le dije que seguía siendo virgen y nadie me había tocado. Era como si fuera un unicornio, algo raro. Mis amigas y yo hicimos el pacto para perder nuestras virginidades porque había un estigma sobre las vírgenes en la universidad. Las películas y los medios decían suficiente, pero parecía que Jake prefería lo opuesto, prefería que lo fuera.

Pero si le iba a dar mi virginidad, entonces tenía que emocionarlo. O, al menos, tenía que recibir su carga dentro de mí. Dios, ese orgasmo me calentó. Fui de compras por un vestido blanco y unas sandalias que le hicieran juego. Esta ropa, sin ninguna marca o arruga, era suficiente como símbolo de pureza. Y yo lo era... ¿cierto? Pura, excepto por cuando me metieron los dedos en la habitación trasera de una tienda de tatuajes. Quería aparentar ser inocente para todos los que me miraran, pero traviesa para Jake con mi ropa interior roja que solo él vería. La ropa interior roja, según había leído, calentaba a los hombres.

Pero ahora, sentada en frente de Jake, intentaba no fruncir el ceño. No quería que pensara que no estaba disfrutando la cena, el filete y los vegetales. Me encantaba. Él había hecho algo extra y había cocinado para mí. Solo estaba decepcionada, ya que me excedí con el aspecto inocente. Habíamos estado comiendo y hablando por más de una hora, y no mencionó ni una vez lo que sucedió en la tienda de tatuajes y ni siquiera habló de lo que vine a hacer. Él no había tirado los platos y los cubiertos al suelo para comerme a mí. No había hecho nada más que ser un caballero.

—¿Becca, estás bien?

"Mierda". Había estado pensando mucho.

—Hey, lo siento... —le respondí, alejando mis ojos del plato y mirando sus ojos azules—Me distraje por un momento. Este filete está delicioso.

Si había algo que había aprendido al asistir a eventos lujosos con mi padre era a saber continuar la conversación. No quería que Jake pensara que no lo había estado escuchando, ya que la verdad es que solo podía pensar en él.

—Bien. Lo puedo hacer de nuevo en otra ocasión. ¿O crees que debería cambiarlo de vez en cuando?

Mis ojos se abrieron por la sorpresa.

"Se refiere a...".

—No me estoy refiriendo a eso, muñeca —dijo él y

sentí de inmediato mi vagina apretarse en anticipación. De repente, recordé lo que había pasado solo hacía algunas horas, la forma en que me había metido los dedos y jugado con mi clítoris. No me había comido todavía ni había tenido sexo, y él ya podía hacerme correr. Podría solo imaginarme cómo sería tener sexo con él... por ahora.

En poco tiempo, no estaría solo imaginándolo, sino que estaría teniendo sexo con él.

—Quiero tener sexo contigo siempre y a cualquier hora.

Me calentaba y me mojaba más con cada palabra que pronunciaba. Lo que él me decía era como música para mis oídos. Yo no tenía planes para el verano. Solo quería prepararme para la universidad y cambiar la idea de mi padre de forzarme a entrar en la empresa. Estaba lista para pasar un verano aburrida mientras mis amigas estaban realizando viajes internacionales para celebrar el final de la secundaria. Estaba lista para disfrutar mi interminable lista de programas de televisión, para ir de compras e intentar encontrar a un tipo en el pueblo que quisiera tener sexo conmigo. Y estaba recibiendo mucho más de lo que esperaba y deseaba.

—¿Qué? ¿A qué te refieres? — dije yo lentamente. El aspecto en sus ojos me decía que había algo más en sus palabras.

—Múdate conmigo... por un mes.

Me quedé en silencio pensando en la logística. Sabía que mi padre tenía varios viajes de negocios acumulados. Él estaría fuera del pueblo o del país más días que aquí. Definitivamente, sí, podría quedarme con Jake y los días que mi padre estuviera en casa le diría que me estaba quedando en casa de Jane o Mary o cualquier otra amiga. Así que asentí rápidamente con mi cabeza. Él parecía asombrado de que hubiera aceptado tan fácilmente.

—Eso quiere decir sexo en cualquier momento... cuando quiera y donde quiera.

Mi cerebro me advirtió que mis timbres de alarma deberían encenderse en este punto, pero mi vagina solo se apretaba más. Estaba tan caliente por sus órdenes y por lo posesivo que parecía cuando hablaba. Siempre pensé que los hombres en sus veinte estaban fuera de mi liga, ya que eran más maduros y no querrían nada con una virgen despistada. Mirando a Jake ahora, me daba cuenta de lo equivocada que estaba. Su instinto animal al desearme y hacerme suya me hacía sentir mejor y estaba empujando mis inseguridades a un lado. Incluso la forma en que me había mirado en la tienda de tatuajes cuando le dije que nadie me había tocado... Había un fuego en sus ojos, como si no fuera a permitir que nadie hiciera lo que hizo él y lo que haría conmigo.

—Y no vamos a usar condones. Quiero que mi

pene sienta tu vagina como lo hicieron mis dedos hace poco. Tienes que tomar anticonceptivos.

Mi sonrisa se amplió. Llevaba tomando pastillas desde hacía un par de años para controlar mi período. Estaba lista. No podría esperar más.

—Perfecto.

6

ecca

Yo era una bola de nervios por dentro. Este era el momento. Por fin, sucedería. Tendría sexo y mi primera vez sería con *él*.

Con un rápido movimiento, ya me encontraba en los brazos de Jake mientras él me llevaba a su cama. Mientras mis manos agarraban firmemente sus hombros, por dentro sentía que explotaría de emoción. Su amplio pecho y hombros estaban tensos y musculosos, al igual que el resto de su cuerpo. No podía creer que tendría sexo con *él*. Parecía imposible de alcanzar. Él tenía un aura peligrosa y dura que hacía que me sintiera estúpida y poco experimentada en comparación. Yo era seis años menor y era virgen. Él tenía el aspecto y el cuerpo de un modelo y la experiencia que la mayoría de las mujeres desearía. Era el tipo de chico que, si lo vieras en la calle, los pensamientos sucios comenzarían a aparecer de inmediato. Y yo me ensuciaría con él. No podía evitar la sonrisa que estaba en mi cara. Él, probablemente, la sintió ya que giró su cabeza para mirarme.

—¿Emocionada?

Justo cuando iba a responder, me tiró a la cama y no pude evitar gritar.

—¡Jake!

Una sonrisa se escapó de sus labios mientras se ponía encima de mí y comenzaba a explorar mi cuerpo con sus ojos y manos. Mi respiración entró en caos mientras sentía su mano avanzar por mi cuello, por la curva de mi cintura y, luego, por dentro de mi muslo. Después, movió sus dedos en la dirección opuesta, hacia arriba, hasta que me agarró una nalga y me miró a los ojos.

—Eres tan, tan hermosa...

Todo lo que pude hacer fue sonreír. La forma en que me miró me dejó sin palabras. Había tantas cosas que podía y quería decirle sobre lo sexy que era, que no podía esperar, que no podía creer que tuviera sexo conmigo, pero en ese momento, no podía decirlo. Sus penetrantes ojos azules me miraron con tanta intensidad que estaba congelada, asustada de moverme por temor a hacer algo mal, y de que él cambiara de opinión y se fuera.

Antes de poder entrar en razón, Jake colocó una mano en mi cintura y chocó sus labios con los míos con impaciencia. Mis ojos se abrieron con la sorpresa de lo que estaba sucediendo, luego los cerré y me dejé llevar. Pensar demasiado en lo que él fuera a pensar o en si yo estaba haciendo lo correcto era fútil. Solo necesitaba dejar ir mis inhibiciones y confiar en que todo el porno que había visto no me fallaría.

Comencé a mover mis labios contra los suyos, primero lento y suavemente hasta que sentí que comenzó a besarme con más fuerza. Luego su lengua pasó por mi labio inferior antes de que abriera mi boca más para que mi lengua encontrara la suya. Su mano se movía de arriba abajo por mi lado, mientras la otra me agarraba por detrás del cuello. Después de un rato, él se alejó y comenzó a darme besos suaves por mi barbilla y, luego, por mi cuello.

—Mierda —dije cuando me mordió en la curva de mi cuello y comenzó a lamer y besar. Nunca había sentido esta sensación antes y era sorprendente. Si ser besada en el cuello se sentía así, no podía esperar a experimentar que me follara— Tan... tan bueno...

—Sabía que te gustaría —dijo él, alejándose por un segundo, antes de continuar explorándome— No puedo dejar de tocarte... eres tan, tan...

—Soy toda tuya —dije, encontrando el coraje para

decir esas palabras. Me estaba calentando y mojando con cada segundo que pasaba, y esperaba que mi impaciencia no fuera tan obvia. Todo lo que quería era tenerlo desnudo y dentro de mí. Si él continuaba con estos juegos previos, yo sentía que explotaría y no tendría energía cuando llegara el momento. Solo la forma en que me besaba me hacía sentir caliente y cansada. No quería decepcionarlo cuando llegara el momento. Él me prometió la mejor "primera vez". Yo también quería darle un buen momento esta noche.

—¿Así? —preguntó él con una sonrisa, agarrándome un seno cuando su mano tocó el material de mi vestido— ¿Y así? —Un solo dedo pasó por encima de mis bragas, por encima de mi vagina y todo lo que pude hacer fue sentir con deseo— ¿Qué tal esto?

Antes de saberlo, él rompió mi vestido por la mitad, me sacó el sujetador y luego colocó sus labios sobre mi pezón mientras sus dos dedos comenzaron a tocar por encima de mis bragas. Arqueé mi espalda sobre la cama, nunca me había sentido así. Me había tocado muchas veces en las mismas áreas, pero que otra persona me tocara era tan, tan diferente, y mucho mejor.

Mordí fuerte en la piel de su hombro cuando sentí su dedo hacer círculos en mi clítoris. Mi respiración era ruidosa y áspera; mis uñas se clavaron en su piel y mi vagina se apretaba como si no fuera suficiente. Con una mano, él me quitó las bragas antes de meterme un dedo, y luego me dejé caer en la cama y me puse en arco cuando metió dos. Cerré mis ojos con fuerza cuando comenzó a mover su mano con sus dedos dentro de mí, su pulgar masajeaba mi clítoris y su boca estaba lamiendo y mordiendo mi seno izquierdo. Esta sobrecarga de placer, era lo mejor, y el sexo ni siquiera había comenzado. Comencé a mover mis caderas; no era suficiente y moví todo mi torso para que sus manos pudieran entrar más; sentí que estaba cerca de correrme.

"¿Tan rápido?". No pude evitar pensarlo mientras él seguía moviéndose cada vez más intensamente. Sabía que estaba por correrme. Solo no podía creer que él tuviera el poder de hacerme correr tan rápido. No había forma que pudiera hacerlo así yo sola.

—Maldición, Jake... Me voy a correr... Me voy a correr...

—Córrete en mi mano... hazlo —dijo él, moviendo su boca de mi seno a mis labios. Solté un gemido, sus labios bloqueaban los míos y sentí que la presa en mi interior y mi líquido habían empapado sus dedos. Su mano seguía moviéndose, pero esta vez más lentamente, y mi cabeza cayó en la cama mientras intentaba respirar.

—Jake... eso fue... —Él me dio un beso rápido en los labios antes de estirar su mano hacia su mesita de noche para abrir la primera gaveta. Mis ojos se abrieron cuando sacó un vibrador. —Pero yo acabo...

—¿Y? —La sonrisa en su cara era inconfundible. Él colocó el vibrador en la cama mientras se levantaba y comenzaba a desvestirse. Recién me daba cuenta de que yo estaba completamente desnuda y él no se había quitado nada de ropa aún. La idea me hizo calentar de nuevo. Él, vestido mientras yo estaba completamente desnuda era una muestra caliente y sexy de poder. Sin embargo, mientras estaba admirando las duras líneas y los músculos en cada parte de su cuerpo, fui testigo de otra capa de sensualidad y poder. Esto era sensualidad y poder a través de trabajo duro, y yo no podía dejar de mirar. Luego él agarró el vibrador y lo encendió.

—Tú no eres la única que se fue de compras. Ahora te vas a correr por todo mi pene.

Jake

Miré mientras sus ojos se abrían por la sorpresa, y no pude evitar que apareciera una sonrisa confiada en mis labios. Luego bajé mi cabeza y admiré la vista que tenía ante mí. Mi pene estaba lleno de semen; estaba duro y completamente erecto, y listo para ella. Sentía que estaba en mi propio paraíso al pensar que la había hecho correrse dos veces en minutos. Había estado con mujeres que nunca se corrían. Había estado con algunas raras que se habían corrido solo con un dedo o con mi pene, sin siquiera moverme. El cuerpo de Becca parecía perfecto para mí y eso me encantaba.

—Y ahora... —Sus ojos se abrieron mientras posicionaba la punta de mi pene justo en su entrada. Sus piernas ya estaban totalmente abiertas para mis dedos, mi boca y el vibrador. Ella estaba lista; podía ver los labios de su vagina pulsando, apretándose y luego relajándose con la emoción de lo que iba a suceder.

—¡Pero acabo de correrme! —casi gritó ella, levantando su cabeza de la cama para acortar la distancia de nuestro contacto visual— Jake, ni siquiera sé si yo...

La besé con fuerza para silenciarla, y ella respondió y me besó también.

—Relájate, estoy aquí... No te prometí solo que alargaría tu primera vez lo más que pudiera, también te dije que te daría el mejor sexo de tu vida.

—¡Exactamente! ¿Cómo podemos tener el mejor sexo si me siento tan cansada sin haber hecho casi nada? —Con esas palabras, sus mejillas se sonrojaron. Encontré linda su respuesta y su reacción, y mi pene estaba de acuerdo y tocó su clítoris ligeramente.

—Becca, todo va a estar bien. Solo relájate y no pienses demasiado... —aseguré. Esta vez la besé en la frente— El sexo no es como el internado donde tenemos que tener planes y estar preparados para todo... donde usar el par equivocado de medias puede llevarnos a la oficina del director. El sexo es sobre aprender juntos. Podemos simplemente...ser.

Al decirle eso, ella se quedó en silencio y frunció sus labios. Parecía que estaba pensando profundamente en eso, y luego se giró para verme y asintió con su cabeza. Después de un segundo o dos, exhaló con fuerza y me miró expectante. Mientras me empujaba adentro de ella, yo bajé mi cabeza para encontrar sus labios. Sabía que esto le dolería, así que la besé para intentar que se enfocara en otra cosa, aparte de la ruptura de su himen. Eso y sus labios eran muy suaves; podría besarla todo el día, todos los días. De repente, comencé a sonreír durante el beso al recordar lo que habíamos acordado. Ella se mudaría todo un mes y tendríamos sexo siempre que quisiera. No pude evitar el instinto animal. Era todo para ella, su aspecto, cómo se movía y hablaba y follaba...

Cerré mis ojos mientras sentía la calidez de su interior. Luego gruñí cuando sentí que apretaba sus paredes internas.

—Relájate... todo estará bien... lo haremos lentamente —dije mientras seguía besándola.

Cuando no pude entrar más, comencé a mover mis caderas de adelante hacia atrás. Comencé lentamente, como le dije que lo haría, y abrí mis ojos para asegurarme de que no le estuviera doliendo. Parecía que me estaba recibiendo bien. Podía sentir un poco de incomodidad por cómo cerraba sus ojos, pero ella no me decía que parara. Bien. Cuando sentí que movía sus caderas, comencé a penetrar solo un poco, y poco después estaba moviéndome como si mi vida dependiera de ella, podía sentir el semen acumulándose dentro de mí.

"Demonios. Sí". Bajé un poco la velocidad hasta que ya no había más nada, luego saqué mi pene y vi cómo el líquido cremoso salía de su vagina. Incliné mis labios ligeramente hacia abajo al ver sangre y no dudé en levantarla en mis brazos y llevarla al baño. La senté en las frías baldosas antes de encender la ducha y dejar que el agua lavara nuestro sudor y su sangre.

—Eso fue...sorprendente... —dijo ella, mientras yo masajeaba y enjabonaba su vagina. La vi rápidamente y vi que estaba limpia, no había más sangre. Bien.— Gracias...

—¿Quién dijo que había terminado? —La sonrisa volvió a aparecer en mi cara.

—Quieres decir que...

—Solo estoy comenzando. —Para demostrar lo que decía, mis dedos se movieron de los labios de su vagina hasta su clítoris. Mientras movía mi mano en un movimiento circular, yo podía sentir que todo su cuerpo se apoyaba en el mío, ya que la sensación estaba haciendo difícil que pudiera sostenerse de pie. Eso fue maravilloso para mi ego. Todo sobre ella era... no tenía palabras— Eres toda mía ahora... por treinta días...Voy a aprovecharlo todo, y tú...

La estaba mirando directamente.

—Nunca te han tocado...nunca te han follado. —Becca colocó sus brazos alrededor de mis hombros mientras otra mano se movía para darle placer a mi creciente erección— Y yo soy el único que puede tocarte y follarte hasta hacerte gritar.

7

ake

Había pasado una semana desde que hicimos el acuerdo, una semana desde que se había mudado conmigo. Sabía que tenía que salir si quería salvarme a mí mismo. Tenía que salir de...esto. No quería admitirlo, pero me estaba doliendo en las bolas. Me estaba enamorando de ella.

Todo sobre ella me atraía y casi me rio con la idea. Becca era la personificación de la sociedad que odiaba y de la cual me había alejado. Era la niñita de papá que recibía todo lo que necesitaba y deseaba. Nunca tuvo que trabajar un día en su vida, no sabía lo que significaba "vivir al día". Era del tipo que gastaba miles de dólares en una sola salida de compras. No podía salir de mi casa sin maquillaje. Cuando la había invitado a ir a escalar, había aparecido con un vestido y sandalias de goma. Era muy, muy inocente. Yo debería haberme reído de ella, pero siempre me encontraba riendo con ella.

Becca era inocente, pero era la persona más compasiva que había conocido. Cuando le conté sobre cómo había perseguido mi pasión, en vez de seguir el plan exitoso que mi padre había creado para mí, mientras estábamos acostados, ella fue todo oídos y realizó pregunta tras pregunta, mostrando un interés genuino por mi vida, "mi" vida, un tipo de vida que ella no merecía. Yo no podía llevarla a los mejores restaurantes de la ciudad. Necesitaba pagar las cuentas de mi casa y de mi tienda de tatuajes, y también tenía que pagarle al personal. En vez de eso, ella sugirió cocinar juntos. Su excusa era que quería aprender antes de comenzar la universidad, pero yo apreciaba que lo hiciera. Había salido con chicas que exigían, exigían y luego exigían más. Pero Becca, ella tenía el derecho a exigir por el tipo de vida que había llevado, pero nunca exigía nada... excepto sexo. Me pidió que le quitara la virginidad, y yo me aproveché todo lo que pude.

La conocí virgen, pero en una semana ya había aprendido demasiado; ambos estábamos aprendiendo nuevas cosas *juntos*. Ella me dijo las partes del cuerpo dónde le encantaba que la tocara y le diera placer; yo le dije cómo podía mejorar en mamadas, con un mejor agarre. Ella siempre quería aprender, dentro y fuera de la habitación, y su curiosidad por la vida, específicamente por la mía, me hicieron caer en un abismo del que sabía que no podría salir.

Quería que fuera completamente mía. No quería que nadie más la tuviera, la quería para mí solo, tanto que quería marcarla... permanentemente. Quería dibujar una obra maestra permanente en ella, una que dijera que era mía. Era un pensamiento peligroso y casi me rio por la ironía. Las personas siempre me decían que era un hombre peligroso, me juzgaban solo porque tenía tinta en mi cuerpo. Ahora estaba aprendiendo que las chicas vírgenes en vestidos rosas y sandalias podían ser igual de peligrosas.

—Te gusta eso, ¿cierto?

Su voz suave y femenina me sacó de mi pensamiento y yo apagué la máquina y alejé la aguja. Me hice un recordatorio interno de que necesitaba una aguja nueva. Si dejaba mucho tiempo la aguja afuera, entonces sería malo continuar usándola.

—¿Hmmm? —dije, levantándome de la silla e inclinándome hacia ella para un pico rápido.

Luego me incliné hacia atrás y la admiré. Estaba

recibiendo su tatuaje en la zona del hueso de la cintura, y estaba completamente desnuda en la silla. Sabía que tenía que concentrarme en su cintura, pero estaba demasiado tentado a ignorar el hueso e ir directo a la vagina, no con la vagina, obviamente, podría ser con mi dedo o incluso mejor, con mi pene.

—Cuando juego con tu cabello... —respondió rápidamente Becca y yo me forcé a aguantar la sensación que tenía en mis jeans. La erección podía esperar a más tarde. Necesitaba terminar su tatuaje— siempre luces como un gato que intenta acariciarse su cabeza conmigo. —Antes de que yo pudiera decir algo, ella añadió— Pero me gusta... no, me encanta.

—Es cómodo, sí —dije sonriendo. Yo era el tipo sobre el que advertían. Basta decir que no había una línea de personas esperando para jugar con mi cabello y acurrucarse conmigo. Ellas siempre esperaban que fuera duro y sucio. El sexo conmigo no era sobre arcoíris o mariposas; era duro y no del tipo que cualquiera pudiera aguantar. Y al pensar en Becca ahora mismo, acariciando mi cabello, me tocó profundamente. Podía hacerme lo que quisiera—. También me da sueño y no quisieras eso ahora mismo.

Estiré la piel del hueso de su cadera para admirar mi arte en su cuerpo. El diseño de la mariposa estaba por la mitad, y cuando vi el reloj y luego la sonrisa en la cara de Becca, yo sabía por qué tenía esa mirada.

—Bueno, si no pararas de besarme... en todos

lados... probablemente, ya hubiéramos terminado —bromeó ella, soltando una risa adorable y luego cambiando su tono— Esto es sorprendente... Me encantan las texturas de las líneas... y ni siquiera está terminado...Guau.

—Por supuesto, está hecho por mí —dije, acercándome, esta vez para morder su oreja.

—Ves, ¿qué acabo de decir? Nunca vamos a terminar. Vamos a estar aquí toda la noche, Jake —respondió ella, tocando mi hombro en tono bromista. Mi interior se derritió con su cara. Su sonrisa era lo mejor, aunque ella quería que fueran sus senos.

—¿Te estás quejando? —No pude evitar alzar una ceja en ese momento. Yo ya sabía su respuesta desde antes que respondiera.

—Claro que no. Ahora, date prisa —dijo Becca, juntando sus piernas, y cuando la miré, fue su turno de darme un beso—. Me estoy calentando. Estar aquí desnuda no ayuda.

"Maldición". Presioné mi creciente erección contra la silla, intentando controlarla, pero era fútil. No podía pensar con mi cabeza en vez de con mi pene si tenía a Becca desnuda en frente de mí.

"Por el tatuaje. Termínalo", intenté regañarme. Sacudí mi cabeza y empujé todos los pensamientos de sexo a un lado. Luego busqué una nueva aguja, la coloqué en mi máquina de tatuar y puse todo mi esfuerzo para concentrarme en terminar la mariposa. Tenía que hacerle justicia, el arte era un recuerdo de su madre. "Mi pequeña mariposa", ese era el sobrenombre de su madre para ella cuando todavía estaba viva. Tenía que hacerle justicia dando lo mejor de mí, por la mujer que estaba en frente de mí.

No supe cuánto me tomó, no me importó ver el reloj. Todo lo que sabía era que, después de estar tanto tiempo en la habitación, principalmente era mi culpa por la tentación que tenía delante. Finalmente, terminé la mariposa y no podía estar más orgulloso. Habíamos pasado toda la noche de ayer inventando diferentes variaciones de la inspiración de Becca. Le había mostrado casi diez mariposas dibujadas a mano y las seguí refinando hasta que hubo una que no solo le gustó, sino que la enamoró. Ella la tendría para siempre en su piel, tenía que amarla. Ahora que estaba hecha, Becca tenía la sonrisa más grande en su cara y me hizo igual de feliz saber que yo era la razón de su sonrisa.

—Gracias... muchas, muchas gracias —dijo ella, casi perdiendo su aliento al final de su oración— Guau...es, incluso, mejor en mi piel que en el papel.

—Me encanta que te haya gustado —dije, alejando mi equipo y dándole toda mi atención. No había forma de que la dejara vestirse cuando la había tenido desnuda en la silla por horas. Imposible— Y ahora...

Becca volteó la vista de su cadera para encontrarme mirándola maliciosamente. Antes de que se diera cuenta, ya la había cargado, sus piernas estaban atrapándome, y yo la coloqué en la mesa al lado de la silla. Ambos estábamos extremadamente impacientes, nuestras manos trabajaban juntas para desabrochar mis jeans. Con un brazo fuerte, ella me sacó mi bóxer, y yo sonreí cuando sus ojos se abrieron con sorpresa al ver mi erección.

—Ahora —dijo ella, colocando sus codos en la mesa y abriendo sus piernas. Estaba un poco sorprendido de que ella lo quisiera de inmediato, pero mis preguntas fueron respondidas cuando comencé a meter mi pene sin problemas. Estaba muy mojada. No tenía necesidad de meterle los dedos o comenzar con un juego previo. Tendríamos tiempo para una noche romántica luego. Ahora mismo íbamos a tener un rapidito, fácil y duro, algo diferente para ambos— Demonios... tú —ella intentó respirar mientras yo la penetraba una y otra vez. Sentí que la mesa cedería en cualquier momento, pero a la mierda, solo su humedad me haría correr— El sexo contigo cada vez se pone mejor.

—Tú también —dije y choqué mis labios con los de ella, además de algunos dientes. Becca gimió por la rudeza y se agarró con más fuerza.

—Jake... me voy a correr... me voy a correr...

—Yo también —dije mordiendo su labio inferior— Juntos.

Y con eso, la penetré mucho más rápidamente, y ella me agarró como si su vida dependiera de eso. Solo había pasado una semana. No quería que pasaran las otras tres semanas. La quería para mí solo, para siempre.

8

Esto no tendría que suceder. Era la culpa del ama de llaves, completamente su culpa. Si no fuera una chismosa y no le hubiera dicho a mi padre que apenas había estado en casa en los últimos veintiocho días, entonces no estaríamos en esta situación. Ella siempre estaba buscando formas de meterme en problemas, y yo sabía por qué. Tenía que esclavizarse todo el día y trabajar para una princesa mimada, yo.

Yo le había dicho a mi padre que estaría durmiendo en casa de Mary o de Jane, pero ella tuvo que inventar la historia de que me desaparecía de vez en cuando, y que el primer día que me fui, me llevé un equipaje lleno de ropa. Solo pensar en lo que estaba sucediendo me hervía la sangre. Ella nunca hizo esto cuando mis hermanastras estaban aquí. Ellas eran mucho mayores que yo, así que no había forma de que pudiera mentirle a mi padre y que él eligiera su lado sobre mis hermanas, hermanastras. Mi padre las amaba; ellas seguían el camino que él les había trazado sin preguntas y estaban disfrutando todo, liderando y administrando muchos de los proyectos de mi padre. Yo también las amaba; siempre me cuidaban, y eran las figuras maternas en mi vida desde que murió mi madre.

Sin emabargo, no estaban aquí ahora que las necesitaba, aunque yo dudaba que comprendieran. La idea de un hombre que me tuviera por treinta días, para tener sexo cuando él lo deseara, no era algo fácil de digerir, y ahora mi padre estaba preguntándome dónde había estado estas últimas semanas.

Finalmente cedí, temía lo que podría suceder si lo desobedecía, y le dije mitad verdad y mitad mentira. Le dije que estuve con mi novio, y que ahora Jake y yo estábamos en camino para hablar con él en un almuerzo.

—Todo saldrá bien, estoy aquí —dijo Jake, intentando calmarme. Colocó su mano en mi hombro, apretó y luego alejó su brazo. El gesto me calmó un poco, pero mi yo interno me decía que era un movimiento inútil. Estábamos en el día veintiocho de nuestro acuerdo, dos días más, y me tendría que ir. Al pensarlo, comencé a sentir un dolor atravesándome el pecho. No podía negarlo. Después de pasar cada momento con él en las últimas semanas, era imposible que no me enamorara más.

"Pero yo solo soy una diversión", pensé. Él le había quitado la virginidad a la virgen. Había terminado lo que quería hacer, logró hacer su fetiche realidad, y después de un par de días, Jake estaría de vuelta en el mercado, saliendo y follando supermodelos y mujeres más maduras que lucieran como diosas y tenían la experiencia sexual que yo solo podría soñar.

—¿En qué estás pensando? —preguntó Jake, interrumpiendo mis pensamientos. Yo lo miré cuando llevaba mi coche hacia el hotel de cinco estrellas. Las puertas del coche fueron abiertas por los trabajadores y Jake le entregó a uno de ellos las llaves antes de entrar al hotel.

Sentí que Jake tomaba mi mano cuando nos encontramos ante una gran escalera doble con bordes de oro y columnas de mármol. Cuando giré para mirarlo, pude ver que había algo de inquietud en la forma en que sus labios estaban cerrados. Jake no parecía encajar; sabía lo que sentía, pero le dije repetidas veces que no le importara. Él se había alejado de esta vida, y eso no lo hacía inapropiado. Nadie podría decir lo contrario, ni siquiera su familia. "O eso pensaba", recordé.

—Maldición —escuché que dijo cuando entramos en el restaurante en el último piso donde mi padre nos había hecho una reservación. Giré mi cabeza y seguí su línea de visión y solté mi propia batería de insultos. Debía haber esperado eso. "¿Por qué no lo vi venir?". Por supuesto, mi padre y el de Jake comían su almuerzo juntos regularmente, pues tenían negocios en común.

—¿Entonces este es tu nuevo novio? —Las caras de ambos hombres de negocios eran inconfundibles.

—¿De qué estás hablando, Connor? —dijo el señor Huntington, sentándose derecho y golpeando la mesa con su anillo. El sonido que hizo fue algo molesto.

—Mi hija ha estado desaparecida por casi un mes y no estuvo comiendo o durmiendo en la casa. Ella dijo que tenía un novio. Aparentemente es tu hijo —dijo mi padre.

Antes de poder hablar yo, mi padre ya había comenzado. Comenzó a alzar su voz, no le importó que algunas cabezas habían girado para vernos. Mi padre esperaba que todos se inclinaran ante él, incluso los extraños. Esta situación no era la excepción, a él no le importaba que estuviera causando una escena, porque esperaba que el mundo aceptara sus deseos sin pregunta alguna.

—¿No te había advertido lo suficiente sobre el hijo delincuente de Harry? —Me puse tiesa cuando él dijo "delincuente". Ahora mi padre estaba exagerando. Jake era todo, menos eso. Él era apasionado, trabajador y empático— ¿No te dije que él era un mocoso ingrato que había huido de la familia que le había dado todo? ¿Por qué nunca me escuchas, Becca? ¿Por qué no puedes ver que solo quiero lo mejor para ti? ¿Por qué siempre te metes en problemas?

—¿Con lo mejor te refieres al hombre más rico y exitoso con el que me juntaste? —dije yo, intentando controlar mi ira. No había forma de cambiar la mentalidad de mi padre. Habíamos tenido este tipo de discusión muchas veces antes. Él siempre intentaba llevarme a sus eventos de alta sociedad y me forzaba a hablar con los hijos de sus amigos, con la esperanza de que comenzara una relación con alguno y me asegurara el futuro de éxito y riqueza que la mayoría de la población solo podría soñar—. No necesito eso. Jake es...

—Lo siento, cariño —mi padre me cortó—. El mundo se mueve con dinero. Tienes que aceptarlo.

—¿Tienes que ir arruinando la vida de alguien más? ¿No estás satisfecho con arruinar tu propio futuro? —Ese era Harry Huntington hablando, su voz era alta y con autoridad, y el abogado en él estaba apareciendo. Giré mi cabeza para ver la reacción de Jake y no podría estar más orgullosa. Él estaba alto, firme y calmado, a pesar de las palabras tóxicas que salían de la boca de su padre. Con razón nuestros padres eran tan buenos amigos y colegas. Ambos eran idénticos—. No arruines su futuro como lo hiciste con el tuyo. No la mereces. ¿Qué puedes darle que su padre no le haya dado ya? La última vez que escuché, tu tienda de tatuajes apenas sobrevive. ¿Sabes eso? —dijo girando para hablar conmigo—. Él solo tiene apenas el suficiente dinero para mantenerse a sí mismo.

Eso era todo. No pude aguantar más la mierda que le estaban lanzando. Las palabras de mi padre eran suficientemente malas por sí mismas, ¿pero las palabras de él junto con las palabras del padre de Jake? Cualquier persona podría quebrarse después de aguantar tanto.

—Cállate. —Hice una mueca al escuchar mis palabras, sabía que estaba cavando mi propia tumba, pero estaba demasiado furiosa para que me importara—. No sabes nada de él. Has estado fuera de su vida por años. No has visto cómo ha tocado la vida de las personas, cómo usa su arte para conectarse con el mundo a su alrededor mientras a ustedes solo les importan las ganancias. —Mis manos estaban en puños a mi lado. Sentía que tenía muchas emociones atravesándome, muchos sentimientos que quería liberar— Jake comenzó su propio negocio para seguir su pasión, no para robar al mundo para que ustedes pudieran ser cada vez más ricos. Nunca he conocido personas más egoístas que ustedes dos.

—Tú...

—No he terminado —dije mirando a mi padre con

una mirada asesina. No sabía de dónde había venido este nuevo coraje, pero me estaba permitiendo expresar los sentimientos que había aguantado por años— No me digas con quién puedo salir y con quién no. Es muy tarde. Yo amo a Jake... él ha estado para mí cuando tú estabas ausente... él ha estado ahí para escucharme y cuidarme. Lo amo... al igual que amo a mamá —seguí hablando y mis dedos fueron al borde de mis pantalones cortos— Me hice un tatuaje... —Me bajé un poco el pantalón para que pudieran ver la mariposa— Así solía llamarme mi mamá. No hay mejor arte que el que ha unido a las dos personas que más me importan en el mundo. Gracias por nada, papá. Me has estado diciendo que quieres lo mejor para mí, pero yo sé la verdad; tú solo quieres trazar mi vida para poder seguir llenando tu propio bolsillo. —Luego mis ojos fueron a mirar al padre de Jake— Ambos se pueden ir al infierno.

Y con eso tomé la mano de Jake y nos fuimos del restaurante. No había vuelta atrás.

9

ake

"Becca me ama".

"Me ama de verdad".

Durante toda mi vida, me dijeron que mostrar mis emociones era señal de debilidad. Yo construí una pared tan alta que nada me asustaba. Las personas podían amenazarme y a mí no me importaba un carajo. Cuando mi padre me dijo que me dejaría fuera del testamento si no estudiaba leyes, junté las fuerzas para darle la espalda e irme. Cuando pasé por mi primera experiencia de corazón roto en la secundaria, eso solo me hizo más fuerte y misterioso, y aprendí a parecer genial y calmado, y logré atraer a muchas chicas y mujeres. Cuando me metía en peleas de puños, podría salir con heridas, pero nunca con un ego herido. Podía aguantar mucho, casi nada me perturbaba.

"Excepto ella".

Con Becca agarrando firmemente mi mano, pude sentirme temblar un poco. Estaba tan abrumado con tantas emociones que solo quería tomarla en mis brazos, besarla como si no hubiera un mañana y hacerle cosas que solo nos echarían del hotel y nos prohibirían la entrada.

"Becca me ama".

El pensamiento no dejaba mi cabeza. Ella nos defendió de nuestros padres y, básicamente, los mandó a la mierda. Nadie se atrevería a hacerle eso a ellos. Yo se lo había hecho a mi padre una vez, y él ya esperaba ese tipo de actitud de mí. Pero de Becca... la dulce, inocente y compasiva Becca... pensaba que ella me necesitaba para ser "el fuerte", el que la protegiera de lo duro de la vida. ¡Qué ingenuo! Becca no necesitaba protección, era más fuerte de lo que yo pensaba, y la fuerza que escondía había surgido hoy. Yo era quien necesitaba protección.

Becca me había conmocionado. Nadie les había dicho a esos hombres que se fueran a la mierda, ni siquiera sus esposas podrían decir tales groserías. Becca no tenía idea lo impresionado que estaba... lo mucho que apreciaba lo que había hecho. Y quería que lo supiera. Quería mostrarle lo mucho que la amaba y apreciaba que me defendiera. Usualmente, lo demostraba al follarla hasta que gritara mi nombre. Con ella, darle placer nunca era aburrido. Podría jugar y lamer sus senos todo el día, y meterle los dedos y lamerla hasta que se corriera y tuviera calambres. Me encantaba hacerla feliz. Me encantaba darle placer y complacerla. Nunca había sentido esto antes. Era todo de ella lo que me estaba haciendo sentir tan abrumado ahora mismo. Quería demostrarle lo mucho que la amaba y me importaba. Pero, obviamente, no podía follármela en un lugar público.

"Ella me ama y yo también la amo. ¿Cómo lo puedo demostrar?", pensaba. Luego me vino la idea. Fue tan automática y se sintió tan natural que ni siquiera la había considerado. Solo me encontré arrodillándome y viendo sus ojos color avellana. Parecía asombrada, con su boca abierta en una pequeña "o" y su brazo tenso al verme con una rodilla en el suelo. Por un breve segundo, volteé y vi a nuestros padres mirándonos. Todo el piso del hotel nos estaba mirando. Ellos habían escuchado la discusión entre nosotros y nuestros padres. Ahora todos querían saber el desenlace.

—Te he conocido por más de ocho años, pero solo te he conocido realmente en un solo mes... —Becca parecía que iba a llorar, pero la sonrisa en su cara me dio la fuerza para continuar— Pero en ese mes descubrí la increíble persona que eras... que eres. Podrías haberme juzgado de inmediato. Si le hubiera dicho a cualquiera sobre nuestro acuerdo de un mes, cualquiera te hubiera dicho que te alejaras de mí —pausé un momento y luego continué. Ese sentimiento dentro de mí, las malditas mariposas y el nudo en mi estómago me tenían más abrumado que hacía unos minutos—. Pero tú te quedaste y, por primera vez en mucho, mucho tiempo, sentí que yo le importaba a alguien. Tú me hiciste sentir amado, y eso es irremplazable con la vida que estoy intentando vivir, intentando lograrlo por mi cuenta cuando mi propia familia no cree en mí —respiré hondo, alejé el miedo y abrí mis labios para proseguir—Necesito a alguien que sostenga mi mano, alguien que sea mi fuerza cuando sea débil y ese alguien eres tú. Nunca he estado tan seguro de algo... —dije, y luego, finalmente— Becca Madison, ¿Te casarías conmigo?

Las lágrimas cayeron de sus ojos cuando agarró mis mejillas con sus manos suaves y femeninas. Me levantó y presionó sus labios con los míos. No pude evitar sonreír al instante cuando sentí las emociones en su beso y las lágrimas en su cara. Después de lo que pareció una eternidad, me alejé. Si no dejábamos de besarnos, las cosas se intensificarían y necesitaríamos censura.

—Por supuesto... —dijo Becca, todavía llorando—. Claro que sí, me casaré contigo.

Luego vi el movimiento de sus ojos. Bajó su cabeza y miró sus manos e, instantáneamente, supe que decir:

—El anillo... quiero que sea un tatuaje. Puedo dibujar pequeñas mariposas y nuestras iniciales alrededor de tu dedo... quiero que sea tinta en vez de metal, porque de esa forma nunca podrás removerlo. Planeo tenerte para mí solo por mucho, mucho tiempo...

Becca abrió sus labios, sonrió todavía más y alcanzó mi mano. A nuestro alrededor todos estaban sacando fotografías y tomando videos de nosotros. Algunos estaban aplaudiendo y gritando por mi propuesta. También podía sentir las miradas de nuestros padres a través de nuestras cabezas intentando abrirnos un hoyo, pero con tanto amor y apoyo rodeándonos, a mí no podría importarme menos.

—Entonces vayamos a casa... quiero que ambos diseñemos el anillo.

Y nunca había escuchado un plan más perfecto.

EPÍLOGO

Becca

A MÍ SIEMPRE ME había encantado la temática de "Maravilla de invierno" desde que había comenzado a asistir a las fiestas y bailes de la escuela, y era solo ahora que había descubierto por qué. Vi alrededor de la iglesia y pude ver la nieve cayendo a través de las ventanas, la nieve enfriaba el recinto, y me hacía sentir relajada y completamente en paz.

Estaba en mi propia boda, pero pensaba en muchas cosas, así que ni siquiera estaba escuchando al padre. Sabía que tenía que escuchar la ceremonia. No me había convertido en una novia loca en los últimos seis meses para nada. Sin embargo, la verdad era que

Su virgen traviesa

había muchas cosas maravillosas a la vista ahora mismo. Toda la iglesia estaba adornada con luces de Navidad de color azul y blanco. Había ornamentos y bolas de nieve adornando las paredes y las columnas de mármol. La iluminación amarilla le daba a todo el lugar una sensación de intimidad. El coro, que habíamos contratado, cantó con tal experiencia que solo escucharlo podía provocar muchas emociones.

Lo más importante era el hombre que estaba a mi lado, y nuestra familia y amigos que nos apoyaban y acompañaban en una gran ocasión. Los últimos seis meses fueron una montaña rusa de altibajos. Tomó un tiempo para que nuestras familias aceptaran que nos casaríamos. Con el transcurso de esos meses, comenzaron a ver que nuestro amor era auténtico e irrompible. Con mi red social en la ciudad, logré ayudar a que Jake mejorara su negocio y con las ganancias él me apoyo para lo de la universidad. Estaba viviendo con él, y él estaba cubriendo nuestros gastos. Por mi parte, también estaba trabajando medio tiempo como recepcionista en el hospital local. Quería demostrarme a mí misma, y a mi familia, que podría tener éxito en mi propio camino. Mirando atrás, hacia lo que había experimentado en los últimos meses, lo haría todo de nuevo. Mi padre admiraba mi fuerza; mis hermanastras me dijeron que estaban un poco celosas por cómo pude enfrentarme a mi padre. Y hoy, en mi boda y en la de Jake, teníamos a nuestros amigos y familiares como testigos de nuestro amor y compromiso.

—Eres el mejor regalo que he recibido... más de lo que puedo merecer...Te amo demasiado, Becca Huntington. Me muero de ganas por llamarte mi esposa.

—Te amo, Jake...más que a la vida... no tienes idea. Me muero de ganas por pasar el resto de mi vida contigo.

Solo asintiendo una vez, el padre sonrió por lo simple de nuestras palabras y, finalmente, dijo:

—Becca y Jake, ustedes han demostrado su amor y compromiso el uno con el otro con los votos que acaban de hacer. Ya no son solo novio y novia, ya no son solo compañeros y mejores amigos. Ahora son marido y mujer —con una gran sonrisa, él continuó—. Jake, ahora puedes besar a la novia.

Recordando los seis meses que habían pasado por mi cabeza, sonreí al pensar en el futuro con el hombre que tenía en frente, mi amado esposo.

OTRAS OBRAS DE JESSA JAMES

Chicos malos y billonarios

Una virgen para el billonario

Su rockero billonario

Su rockero billonario

Un trato con el billonario

Chicos malos y billonarios

El pacto de las vírgenes

El maestro y la virgen

La niñera virgen

Su virgen traviesa

Club V

Esstrato

Desatada

Al descubierto

Libros Adicionales

Suplícame

Cómo amar a un vaquero

Cómo abrazar a un vaquero

Por siempre San Valentín

Anhelo

Malos Modales

Mala Reputación

Bésame otra vez

Ardiente como el infierno

Finge que soy tuyo

Falsa prometida

Dr. Sexy

A todo ritmo

Buscando un bebé

ALSO BY JESSA JAMES

Bad Boy Billionaires

A Virgin for the Billionaire

Her Rockstar Billionaire

Her Secret Billionaire

A Bargain with the Billionaire

Billionaire Box Set 1-4

The Virgin Pact

The Teacher and the Virgin

His Virgin Nanny

His Dirty Virgin

The Virgin Pact Boxed Set

Club V

Unravel

Undone

Uncover

Club V - The Complete Boxed Set

Cowboy Romance

How To Love A Cowboy

How To Hold A Cowboy

Treasure: The Series

Capture

Control

Bad Behavior

Bad Reputation

Bad Behavior/Bad Reputation Duet

Beg Me

Valentine Ever After

Covet/Crave

Kiss Me Again

Contemporary Heat Boxed Set 1

Handy

Dr. Hottie

Hot as Hell

Contemporary Heat Boxed Set 2

Pretend I'm Yours

Rock Star

The Baby Mission

HOJA INFORMATIVA

FORMA PARTE DE MI LISTA DE ENVÍO PARA SER DE LOS PRIMEROS EN SABER SOBRE NUEVAS ENTREGAS, LIBROS GRATUITOS, PRECIOS ESPECIALES, Y OTROS REGALOS DE NUESTROS AUTORES.

http://ksapublishers.com/s/c4

ACERCA DEL AUTOR

Jessa James creció en la Costa Este, pero siempre sufrió de un caso severo de pasión por viajar. Ella ha vivido en seis estados, ha tenido una variedad de trabajos y siempre regresa a su primer amor verdadero, escribir. Jessa trabaja a tiempo completo como escritora, come mucho chocolate negro, tiene una adicción al café helado y a los Cheetos y nunca tiene suficiente de los machos alfa sexys que saben exactamente lo que quieren y no tienen miedo de decirlo. Las lecturas de machos alfa dominantes y de amor instantáneo son sus favoritas para leer (y para escribir).

Inscríbete AQUÍ al boletín de noticias de Jessa
http://bit.ly/JessaJames

www.ingramcontent.com/pod-product-compliance
Lightning Source LLC
LaVergne TN
LVHW011852060526
838200LV00054B/4288

9 781795 903042